J. LASSERRE

Plus forte que le Tyran

PIÈCE EN 1 ACTE, EN VERS

— La foi est-elle aussi forte ?...
... Toujours plus forte que le tyran !...

Les Tombeaux glorieux.
(IOVAN IOVANOVITCH.)

PARIS
LA MAISON FRANÇAISE
D'ART ET D'ÉDITION
16, RUE DE L'ODÉON, 16

1918

Plus forte que le Tyran

J. LASSERRE

Plus forte que le Tyran

PIÈCE EN 1 ACTE, EN VERS

— La foi est-elle aussi forte ?...
... Toujours plus forte que le tyran !...

Les Tombeaux glorieux.
(IOVAN IOVANOVITCH.)

PARIS
LA MAISON FRANÇAISE
D'ART ET D'ÉDITION
16, RUE DE L'ODÉON, 16

1918

AVERTISSEMENT

C'est au récit de l'agonie du peuple serbe que cet acte est né. Ce peuple de héros, à l'âme tendre, généreuse et droite, possède une poésie nationale qui est l'écho de son passé glorieux ou sombre — complaintes que toute la race connaît et aime passionnément (1). *Et ce peuple entretient son courage et sa foi par le chant de ces pesmés, devant l'âtre comme dans la bataille, en s'accompagnant de la gouslé.*

Damian, *personnage de cette pièce — gouslar et berger — continue, en quelques poèmes inspirés, la série des complaintes populaires, tandis que, sans nul doute, plus d'un combattant serbe y ajoute, avec lui, une strophe nouvelle.*

Ce goût du peuple cultivateur et soldat, cet esprit poétique spécial, épris de mélodie et de légende, se trouvent dans cette remarque de M. Henry Barby.

« La douceur de l'heure, après tant de tortures et de tragédies, berce la détresse des infortunés qui, loin de la terre, maintenant maudite et souillée, mais qui reste la patrie sacrée, vont fuir... Et voici que de leurs groupes entassés sur le pont montent vers le ciel nocturne de lentes mélopées... La tristesse en est infinie. — Le cœur serré par une indicible émotion, je crois entendre l'âme même de la Serbie suppliciée se plaindre et sangloter dans ces pesmés mélancoliques, dans les chants désespérés où vibre toute la douleur déchirante... toute l'immense agonie d'un peuple qui a tout perdu, sauf son honneur, son héroïsme et sa foi dans l'avenir !... (2)

J. L.

1. Léo d'Orfor, *Chants de guerre de la Serbie* (Payot).
2. Henry Barby, *l'Epopée serbe* (Berger-Levrault).

AU PRINCE ALEXANDRE DE SERBIE

Hommage respectueux

PROLOGUE

La scène se passe en Serbie, à Kourvingrad — petit village des environs de Nich — planté presque au confluent de la Morava et de la Toplitza — dans la maison de campagne de *Voïa Petrovitch.*

Voïa Petrovitch, habite Nich, l'hiver, mais depuis août 1914 et l'attaque austro-allemande, il n'a pas quitté Kourvingrad.

Voïa Petrovitch a 78 ans — cependant il est grand, droit et énergique. Il a deux domestiques auprès de lui — *Damian*, un berger ami, de 75 ans. *Damian* est courbé, il est cassé..., mais il a le regard aigu de l'aigle des montagnes. *Yonanka*, la vieille nourrice de Miloch, le fils aîné de *Voïa Petrovitch*, et qui berça aussi tous les enfants de la famille, dont elle fait partie.

— *Voïa Petrovitch* a deux fils qui combattent.

Miloch, l'aîné de ses garçons, qui lui a confié ses deux enfants sans mère : *Mirko* et *Margaret*, avant de partir à la guerre, et *Iovan*, le plus jeune de ses garçons, dont les vingt ans fleurissent.

— *Voïa Petrovitch* a deux gendres contre l'ennemi.

L'époux de *Yéléna Martovitch*, qui habitait Tchoupria, dans la riante vallée de Goloubinie.

Et l'époux de *Miritza Venitch*, l'avant-dernière née. Ils abritaient leur bonheur, ceux-là, sur les bords fleuris de la Rachina, à Brous.

Mais, *Voïa Petrovitch* a déjà offert l'holocauste, à sa terre adorée. Sa fille première née de tous ses enfants : *Vasilia Ovaldonitch*, qui habitait Belgrade, et vit tomber son époux dans la lutte de 1910, a dû, depuis les débuts de l'attaque furieuse, prendre trois fois encore ses vêtements de deuil pour ses trois grands fils... ses trois grands fils, beaux et forts, tués à l'ennemi ?...

Et *Voïa Petrovitch*, malgré les deuils cruels qui ont sillonné son âme, malgré ses angoisses, malgré ses craintes pour ses enfants et ses petits-enfants, n'a au cœur qu'un amour dominant : la Serbie.

Dans son front, haut et superbe qu'une idée : la liberté et la grandeur de la Serbie.

PERSONNAGES

VOIA PETROVITCH, 78 ans, agriculteur aisé.
DAMIAN, 75 ans, berger.
MIRKO, 14 ans, petit-fils de Voïa Petrovitch.
MARGARET, 10 ans, sœur de Mirko.
YONANKA, 50 ans, vieille servante, nourrice du père de Mirko et de Margaret.
VASILIA OVALDONITCH, 50 ans, fille de Voïa Petrovitch.
YÉLÉNA MARTOVITCH, 30 ans, fille de Voïa Petrovitch et son fils, 4 ans.
MIRITZA VENITCH, 28 ans, fille de Voïa Petrovitch.

Plus forte que le Tyran

ACTE PREMIER

SCÈNE PREMIÈRE

VOÏA PETROVITCH, MYRKO, MARGARET.

Voïa Petrovitch assis, les yeux clos, écoute la lecture que lui fait son petit-fils, Mirko. Dans un coin, en face de son grand-père, Margaret joue, silencieuse. On est au 10 novembre 1915. Une angoisse pèse, très grave.

MYRKO, lisant.

« Par les Turcs, écrasés, après l'affreux carnage,
« Les Serbes étendus, dans l'étroit voisinage
« De l'antique ennemi décimé par leurs coups...
« Mourants ou morts, couchés... les Serbes, tout à coup,
« Couvrirent Kossovo d'un manteau de cadavres!...

VOÏA PETROVITCH

Arrête-toi, mon fils... ta lecture me navre...
L'Histoire du Passé ressemble tellement
A celle d'aujourd'hui... qu'un lent accablement

Venu des temps lointains, me pénètre et me lasse...

. . . .

C'est la douleur sans fond de toute notre race
Qui monte, gémissante, en mon âme d'aïeul...

. . . .

Vivement... montrant la porte vitrée qui donne sur la campagne :

N'est-ce pas un corbeau qui tombe sur le seuil ?...

MYRKO

Chassé par les frimas, apeuré par la guerre
Il vient chercher ici l'abri qu'il désespère
Pouvoir trouver ailleurs...

MARGARET, se levant très intéressée...

Puis-je le soulager ?...

VOÏA PETROVITCH

Essaye... Et quoiqu'il soit funèbre messager,
S'il a faim, s'il a froid donne ce qui soulage
Ces besoins impérieux...

Margaret sort, on la voit emporter l'oiseau.

MYRKO, anxieux, vite, aussitôt que sa sœur a disparu.

Du côté du village
D'Alexinatz, il semble...

VOÏA PETROVITCH, confidentiel.

Enfant... c'est bien le choc
Du vaillant marteau serbe aux rives du Timok !...

Inspiré.

Puisse, à coups redoublés, frapper le voïvode
Stépanovitch !...

MYRKO, exalté.

Jusqu'à la victoire

VOÏA PETROVITCH, sombre.

Ou l'exode !...

MYRKO, stupéfait.

Vous croyez, ô mon père, à cet affreux retour
De l'ennemi, chassant comme un vautour
L'enfant de son berceau... le Serbe de sa terre ?

VOÏA PETROVITCH, solennel et triste profondément.

Hélas !... Je crois, Myrko, que cet affreux mystère
D'un nouvel esclavage, enserre notre sol,
Une suprême fois !... Je crois que prend son vol
Vers son dernier martyre... une Serbie auguste !...
Jamais il ne fallut une foi plus robuste
Aux Jeunes... entends-tu... pour croire en l'avenir !...
Mais... mon fils !... crois toujours que tu vas revenir,
Surtout lorsque tes pas fuiront vers la frontière...
Crois que tu reverras bientôt le cimetière
Où dorment les premiers lutteurs... les vétérans !...
Que ta foi reste ferme, après que le tyran
Aura tout démoli, dans sa haine stupide,
Croyant qu'il a vaincu notre peuple intrépide
Parce qu'il l'a chassé, volé, supplicié !...

Très grave :

Le cœur reste vibrant, dans l'homme émacié !...
Fous... triples fous sont-ils, ceux qui font le silence
Par le fer et le feu !... La pire violence
Ne peut asservir l'âme et changer son espoir !...

D'une voie contenue, âpre, au comble de l'exaltation :

Et... pour franchir les monts, il suffit de vouloir !...
... Ils reviendront... maudit... les fils que tu pourchasses
Plus forts et mieux armés !...

SCÈNE II

LES MÊMES, DAMIAN

DAMIAN, entre lentement, pendant les derniers mots.

Pour l'instant, il enchâsse
Le monstre... à son anneau, comme un joyau de prix
La patrie immolée !...

Confidentiel :

Au Sud, il a surpris
Cette nuit, la vaillante et malheureuse armée...
La menace du Nord, telle qu'une fumée
Epaisse... irrespirable... est sûre, maintenant,
De se joindre au Bulgare...

Tout frémissant :

Un danger imminent.
Nous encercle...
Ah ! voici venir l'heure suprême...

Solennel :

Voïa Petrovitch !... c'est la bataille ultième
Que nos vieux corps auront cette fois à subir ! ..

VOÏA PETROVITCH, formidable, d'une voix pleine de rage.

Nos fusils sont rouillés !... nous les allons fourbir !...

MYRKO, ardent.

Et moi je sais tirer, père, avec tant d'adresse !...

Voïa Petrovitch secoue la tête, Myrko insiste :

Dis-le lui... Damian !...

VOÏA PETROVITCH

Cher enfant... tu te dresses
Sous le flux du sang serbe envahissant ton cœur...
Ton lot ne sera pas de narguer le vainqueur
Comme le peuvent faire, et sans rien compromettre
Deux vieux lutteurs usés...

SCÈNE III

LES MÊMES, YONANKA

YONANKA, entre très droite, très sèche, très vieille.

On entend, mon cher maître,
Une grande rumeur monter de tous les points...
Le pays, dirait-on... marche et vient... Tout au loin
Le canon gronde, sur cette rumeur atroce...

Furieuse, tout à coup :

L'ennemi, cette fois, était donc un colosse,
Maître ?... Puisque nos fils n'ont pu le repousser ?...

VOIA PETROVITCH, comme accablé.

Ah ! Yonanka... tais-toi ?

DAMIAN, solennel.

Pour les éclabousser
De ton étonnement, ces soldats d'un autre âge,
O femme... tu n'as pas vu leurs yeux pleins de rage !...

Inspiré, ardent :

Le soldat serbe a son fusil...
Le soldat serbe à son couteau !...
Faites ameuter le chenil,
Excitez tous vos louveteaux !...

Avec défi :

Le soldat serbe est le plus fort,
Le plus souple, le plus agile,
Crie... et redouble ton effort
Hideux colosse aux pieds d'argile !...

Triomphant :

Le colosse n'avance pas
Le rempart des poitrines serbes
Ne permet pas de faire un pas
Le mur est droit... il est superbe !...

Féroce :

Le colosse, avec des canons
Taille dans la vive muraille
« Faucons !... en avant ! (1)Nous tenons... »
Hurlent les fils de tes entrailles...

1. Cri de guerre des Serbes : « Sokoli... Napred ?... »

En pleurs :

Femme ! leur canon l'a fauché
Le mur serbe... Et, vers son exode
Le peuple va... le front penché...
... Sur lui pleure le vieux rapsode !...

YONANKA, lentement, pieusement, les mains jointes.

Alors... le rêve que je fis ?...

TOUS LES TROIS, ensemble :

Qu'a-t-il été ?

YONANKA, haletante.

Je les vis là, mes fils, sous mes yeux arrêtés...
Et leur flanc, grand ouvert, laisser couler la sève
Qui filtrait... rougissant la terre où le blé lève...
Et le blé qui poussait, plus grand, plus vigoureux
Semblait puiser sa force au suc très généreux
Dispensé par mes fils, pour féconder la terre !...

Elle reste prostrée.

. . . .

SCÈNE IV

LES MÊMES MARGARET, entre lentement.

DAMIAN

Oh ! femme... vois le sens de ton grand songe austère !...
Le blé nouveau... le blé qui lève dans le sang...

Montrant Myrko et Margaret :

Ce sont ceux-ci, qui devront vivre, en remplaçant
Les grands morts... morts pour eux ?...

MARGARET, se précipitant sur lui.

Et quels sont-ils,
[dis-le,
Qui donnèrent leur sang pour nourrir nos corps frêles ?...

DAMIAN, inquiet-gêné :

Les fils de toute femme Serbe.

MARGARET, pressante.

Et puis ?...

DAMIAN, oppressé :

L'ami...
L'époux... qu'on attendait, les yeux clos à demi
Par les beaux soirs d'été, debout près de la porte...

MARGARET

Ah ! Damian... En soi, le sang que l'on emporte
Quand on est, comme nous, les seuls qui resteront,
De quel cœur coula-t-il ?...

DAMIAN, lentement.

Ma Margaret...ce front...
Ton regard... tes cheveux... comme ceux de ton père
A ton âge...

YONANKA, angoissée, saisissant Margaret dans ses bras.

Que dit-il ?... Ce ton la désespère !...

A Margaret en la berçant :

Tu le sais bien, chérie... ainsi qu'un vieux corbeau
Damian, tout le jour, erre avec son troupeau
A travers les vallons, tout seul... Il en divague...

MARGARET, avec une persistance têtue et triste.

Lui, n'est pas le corbeau... c'est l'oiseau que la vague
De neige et de douleurs a jeté ce matin...

VOÏA PETROVITCH, avec une autorité triste.

Damian !... cet enfant... ce corbeau... un instinct
Paternel qui m'agite... et tes chants... ton air même,
Inquiet et gêné... donnent la crainte extrême
D'un nouveau deuil pour nous... Parle donc... Je le veux !

Se raidissant :

Nous n'avons tous, ici, qu'un amour et qu'un vœu,
La Serbie et sa gloire !...

DAMIAN, solennel,

« Ainsi que le grand-père
Crie à son fils : « Tu le pourras !... » ainsi le père
Le répète à son tour...

VOÏA PETROVITCH, interrogeant, anxieux.

Et c'est Miloch, mon fils,

Montrant Margaret et Myrko :

Qui me laissa ceux-ci, vers la fleur du maïs,
C'est Miloch, du tombeau d'où lui parlait mon père
Qui parle, maintenant ?...

Damian s'incline en signe d'assentiment.

O mort, tu désespères
Ceux qui t'ont appelée, et t'attendent debout !...

Un silence accablant pèse sur tous.

. . . .

Voïa se ressaisit :

Mais... ils triompheront... ils vivront jusqu'au bout,
Malgré toi... malgré tout... leurs jours de lutte austère...
Ils ont foi !... Ni les deuils, ni l'exil de leur terre,
Ni la faim, ni le froid ne les domineront...
Gémissants... ils iront... courbés... ils marcheront...
Mais ils iront toujours... En eux aucun martyre
N'étouffera la foi qui toujours les attire ?...

Voïa Petrovitch pleure, et Myrko et Margaret pleurent sur son épaule. Il les entoure de ses bras,

DAMIAN, sublime.

O Voïa Petrovitch !... que ton vouloir est grand !...
Et j'admire ta foi... plus forte qu'un tyran...
Plus forte que la mort...

Avec peine, hésitant :

... Mais, ô mon maître.., écoute :
Les glorieux tombeaux, dont la voix nous envoûte,
Disent, à ces enfants : « Ce sol... conservez-le !... »
« Ce que j'ai commencé... jeunes... achevez-le !... »

VOÏA PETROVITCH, il chancelle, s'étant levé tout à coup.

Ses petits-enfants le soutiennent, grandi, pâli par l'angoisse. Son regard est fixé dans la désolation.

Damian !... Damian !... quel jeune est donc tombé?...

DAMIAN, funèbre.

Celui... dont le front pur... de ses vingt ans nimbé
Vivait, la joie au cœur... et du soleil plein l'âme...

Voïa Petrovitch s'est assis, atterré; Margaret glisse à terre, et accroupie, sanglotte.

MYRKO, s'élance vers Damian, superbe de fougue.

Et c'est toi... Damian... qui m'apportes sa flamme ?...
C'est bien...

Solennel, comme prêtant serment.

Ils n'ont pas pu Miloch et Iovan,
Je continue... Et quand, criblés dur sur le van
De toutes les douleurs, nous reviendrons, les jeunes
Notre cœur se sera grandi dans les longs jeûnes
D'amour... Et nous serons très forts et très vaillants...
Et nous le reprendrons, le chant qu'en défaillant
Les grands lutteurs mourants ont baisé sur leurs lèvres.
Nous prendrons l'aiguillon délaissé dans leurs fièvres
De liberté... d'amour du sol... de don de soi...

Emu :

Nous fouillerons, cherchant ce qui fut notre toit...
Où nos morts sont restés. nous ferons la Patrie
Grande immuable... ainsi qu'en leur Idolâtrie
Les Serbes l'ont rêvée... et la voulant... l'auront !...

YONANKA, profondément douloureuse.

Comme eux... pauvre Myrko, tu seras tâcheron
Du labeur impossible!...

VOÏA PETROVITCH, MYRKO, DAMIAN, indignés.

Yonanka!... femme serbe!...

YONANKA, vociférant en pleurs.

Taisez-vous!... Taisez-vous!... Il est couché dans l'herbe
Vers Vrania, là-bas... quelque part... on ne sait...
Celui que j'ai bercé dès qu'au jour il naissait...
Miloch... le beau Miloch, le fils aîné du maître!...
Je l'ai nourri... Je l'ai soigné... C'est tout mon être
Au sien soudé, qui tant saigna quand il souffrit!...
Il a grandi... mon beau Miloch... l'amour le prit...
...Et l'amour lui ravit... après si peu d'extases
La mère de ceux-ci... Son âme alors s'écrase
Dans une atroce ardeur pour tout nouveau danger...
Et dans son désespoir, rien ne peut soulager
Miloch... Seules, parfois... des petits les caresses
Animèrent ses yeux d'un éclair de tendresse
Que je connaissais bien...
...Et mon Miloch n'est plus!...
Ah! comme vous, et comme tous il s'est complu
Dans la joute qui mène au mal irréparable
Et Iovan, jeune et gai fut son frère admirable...
En chantant, en riant, il l'a suivi...

Sombre:

L'enfant
De tes vieux jours, maître,.. à ces mots mon cœur se fend...

Ton Iovan adoré, le fils de ta vieillesse
Est mort... comme Miloch !...
Plus de jours de liesse !...
Plus d'aurore en ces murs !... plus d'enfants dans mes [bras !..
Ah ! Yonanka trop vieille... alors qu'il renaîtra
Le tronc des Petrovitch, tu seras insensible...
Et.. que vienne bientôt, cette mort inflexible !...

SCÈNE V

LES MÊMES, VASILIA OVALDONITCH

Elle entre, en deuil, sur les derniers mots de Yonanka. Une rumeur la suit, et l'on aperçoit par la porte restée ouverte, une foule de femmes pauvres avec des enfants sur leurs bras et autour d'elles.

VASILIA OVALDONITCH, énergique, ardente.

Bonjour à tous, ici...
Qui parle de mourir ?...
On meurt quand c'est l'instant... et sans tant discourir !...

DAMIAN

Yonanka s'infléchit sous le coup qui nous frappe...

VASILIA OVALDONITCH, dure.

Lequel ?

VOÏA PETROVITCH

Miloch !

VASILIA, très bas, les mains jointes.

Hélas !...

YONANKA

Puis Iovan nous échappe...

VASILIA OVALDONITCH, vibrante d'émotion.

Iovan !... le dernier né !... Lui... mon petit filleul !...
Lui... que je soutenais, lorsqu'il marchait tout seul
Faisant ses premiers pas en titubant...
... Mon père
J'ai supporté des deuils bien cuisants, et j'espère
Que ces derniers, si durs, vaudront au cher pays
Le suprême bonheur des foyers reconstruits...

. . . .

Elle fait effort pour se calmer :

Nous avons tout donné !... Nous ne voulons distraire
Au dernier holocauste, aucun fils... aucun frère !...
Ceux que Dieu pour le sol a voulus... sans pleurer
Nous les avons offerts... Et, s'il faut demeurer...
Quand un époux s'en va... debout, malgré nos peines,
Nous resterons... donnant tout le sang de nos veines !...

DAMIAN, avec admiration.

Vous êtes demeurée !...

VASILIA OVALDONITCH, avec pitié pour elle-même.

Ah ! pauvre Damian !...
Si tu savais !...

VOÏA PETROVITCH, montrant la porte où la foule s'agite.

Dis-nous qui vient...

MYRKO

Tel l'océan
Qui roule avec fracas et déroule ses vagues...

VASILIA

De notre terre en deuil la ramure s'élague.
Ce sont les survivants qui s'en vont vers l'exil...

VOÏA PETROVITCH

Celui qui les nourrrit, en chemin, quel est-il ?...

VASILIA, très simplement.

C'est moi.

VOÏA PETROVITCH

Fort bien.

A Damian et à Yonanka :

Donnez à la foule des femmes,
Ce qui reste chez nous... La route les affame
Le froid les glacera... Réchauffez les enfants.

Ils sortent.

SCÈNE VI

LES MÊMES, moins DAMIAN et YONANKA

MYRKO

D'où venez-vous ainsi ?...

VASILIA

Nous venons du couchant...
Il en est du levant... il en est de Belgrade,
De Chabatz et de Kraliévo... Mes camarades
Sont Serbes... En nos rangs ce titre leur suffit...

MYRKO

Où allez-vous ?...

VASILIA

Jeter aux vents notre défi !...
Moi... mère... j'ai donné mes fils... et je protège
Les mères, les enfants... Lamentable cortège
Nous allons par les champs... nous allons par les monts...
...Combien qui resteront sur la neige !...
Au limon
Gluant, notre idéal retombera sans ailes !...
Mais, celles qui vivront l'emporteront en elles...
Et l'âme des enfants l'aura... d'autant plus beau,
Qu'il leur aura fallu l'arracher au tombeau !...

VOÏA PETROVITCH

Tu voulus me revoir... et voir le vieux domaine ?...

VASILIA

Oui... puis, vos chers enfants ?...

VOÏA PETROVITCH, désolé.

Ah ! si tu les emmènes !...

. . . .

Voïa Petrovitch met la tête dans ses mains puis... il relève le front.

C'est le sang des aïeux qui vibre et parle en toi...
Femme d'Ovaldonitch, je suis fier de ta foi !...
Va... marche... et soutiens-les...

MARGARET, pleurant affolée.

Je ne veux pas te suivre !...
Grand'père !... garde-moi.,.

MYRKO, très pâle.

Margaret !... il faut vivre,
Pour refaire, plus tard, la sainte nation...
Il nous faut accepter la séparation
Pour venir reformer notre Serbie altière...
Il faut partir, pour que la race reste entière...
Margaret !... il faut fuir pour revenir un jour !

MARGARET, farouche.

Non... Je ne veux pas fuir loin de ce cher séjour,
Où je pouvais pleurer en évoquant ma mère !...
Je veux rester ici, dans la douleur amère
Que vient de redoubler la mort du père aimé !...
Je ne veux pas partir !... L'air est tout embaumé
De l'âcre odeur des deuils...
...Grand-père à l'âme ardente !...

Tout à coup, énergiquement :

Nous suivrais-tu ?...

VOÏA PETROVITCH

Hélas !... ta peine débordante,
Fille de mon Miloch, me brise et m'attendrit...
Mais, devrais-je augmenter le mal qui te meurtrit...
Margaret... ma chérie... il faut que je le dise...
Le chemin sera long à la marche imprécise
Il vous faudra partir dans la neige et le froid...
Et vous avancerez, quand la faim et l'effroi
Déchireront votre âme et tordront vos entrailles !...
...Je mourrais en chemin !...
Tandis que ces murailles
Sous leurs débris en tas, conserveront mon corps
Et quand tu reviendras.,. tu me verras encor ?...

Souriant tristement :

MARGARET

Te laisser là... tout seul !...

VOÏA PETROVITCH, ardent.

Mon Damian fidèle
Fera le coup de feu, de notre citadelle.
Nous attendrons, ici, l'ennemi sans émoi...
J'ai dix cartouches... Pour lui neuf... une pour moi !...

MARGARET, sombre.

Grand'père... tu mourras ?. . Bien, pour mourir, je reste !...

SCÈNE VII

LES MÊMES, YONANKA

YONANKA, inquiète, allant vivement vers Margaret qu'elle serre contre elle.

Je reste, leur dis-tu ?... Qui donc voulait ?... Du reste,
Où tu vas, je te suis... Qui pourrait retenir
La vieille Yonanka ?...
... Tu peux appartenir
A ta race, à ceux-là... C'est à moi, la nourrice
De Miloch à défendre son sang !... Je suis la protectrice
De ceux qui sont à lui... C'est le dépôt sacré
Qu'il me donna, farouche, en ce déclin nacré
Du radieux jour d'août où ses pas s'éloignèrent !...

VOÏA PETROVITCH

Tu nous as bien aimés !... Tes larmes témoignèrent
Yonanka, maintes fois, de ton attachement...
Mais, tu resteras forte, en cet arrachement
Dernier !... Laisse l'enfant partir vers la lumière !...
Près de nous, c'est la nuit !...

YONANKA

Ma tâche coutumière
Est terminée ici... Si Margaret s'en va,
Je m'en vais avec elle !...

SCÈNE VIII

LES MÊMES, DAMIAN

DAMIAN, qui s'est glissé sur les derniers mots de Yonanka.

Stupide!... qui brava
Le froid sans nul besoin... dira-t-on de ta tête...
Stupide!... Yonanka... très malfaisante bête
Qui, pour ne pas mourir sur les sentiers alpins,
Dut priver Margaret de son morceau de pain!...

YONANKA, gravement.

Tu sais bien, Damian, que Yonanka s'entête
A suivre son enfant jusque dans la tempête
Pour la mieux protéger de son vieux corps branlant...
... Mon sein sera, la nuit, son abri consolant...
Et l'enfant dormira, bien au chaud sur la neige.
Tu m'as parlé de pain?... L'enfant, dans le cortège
De toutes ces douleurs, n'ayant jamais souffert
Ne saurait demander, si l'on n'a pas offert!...
J'irai, lui dispensant l'abri, la nourriture,
Jusquà ce que mes pieds tombent en pourriture!...
Et, si bien je tiendrai, près de mon benjamin

Elle l'embrasse.

Que je ne tomberai qu'au fin bout du chemin!...

Tous pleurent, violemment émus.

DAMIAN, va lui baiser la main,

Yonanka... femme serbe... je t'exalte!...
Garde ton trésor!...

Garde-le jusqu'à la suprême halte
Et jusqu'à la mort!...

Avec Vasilia, la consolatrice
Berce les petits...
Faites-les dormir... au sein des nourrices
Chaudement blottis!...

Les petits-enfants des terres martyres
Meurent sans savoir
Pourquoi de leurs yeux le ciel se retire
Et que tout est noir!...

Les petits-enfants, sur les grandes routes
Resteront couchés,
Et sur leurs corps froids, un grand corps s'ajoute,
Un grand corps penché!...

Oh! les corps raidis de ces mères mortes
Avec leurs petits...
Nous les saluons... souffrante cohorte
Qui tant combattit.

Vasilia... partez!... Allez toutes femmes!...
C'est là votre part!...
Pour notre Serbie... activez la flamme
Aux tisons épars!...

SCÈNE IX

Les mêmes, YÉLÉNA MARTOVITCH et son fils. Quatre ans.

VOÏA PÉTROVITCH, voyant entrer sa fille.

Yéléna Martovitch... salut!... Ce qui t'amène
C'est l'atroce rumeur de l'avance germaine?...

YÉLÉNA MARTOVITCH, haletante, excitée.

Salut à vous !... Tous ceux de la maison sont là ?...
C'est fini. Croyez-moi, il faut partir !... Voilà
Que de tous points le cercle se resserre...
Martovitch, avant-hier, dépêcha l'émissaire
Pour que, venant vers vous, nous fuyions à l'instant...
Il faut partir, amis !... Le bloc si résistant
Recule en combattant... mais recule quand même...
Les ministres... le roi s'en vont... Le soldat blême
D'impuissance et d'horreur, s'emploie à protéger
Leur voyage attristé...

VASILIA OVALDONICH, la fixant pour fouiller son regard. Ardente, à voix basse.

... Mais, devant l'étranger
Tu fuis avec terreur... La peur te tiendrait-elle ?...

YÉLÉNA MARTOVITCH, hautaine.

La femme serbe ne craint rien... La bagatelle
Qu'est un coup de fusil, ne saurait l'émouvoir !...

VASILIA

Pourquoi fuit-elle, alors ?...

YÉLÉNA

Pour un plus grand devoir !...

VASILIA

Quel devoir est plus grand que mourir à sa place ?...

YÉLÉNA, enthousiaste.

Garder son fils vaillant pour refaire la race!

VASILIA OVALDONITCH

Alors... As-tu la foi dans l'avenir meilleur?...

YÉLÉNA

Je crois!...

VOÏA PETROVITCH, solennel.

Vous pouvez fuir!...

DAMIAN

Et préparer ailleurs
Le retour dans l'amour, dans la joie et la force...
Oh! femmes!... qu'il est grand sous sa fragile écorce
Le feu qui vous soutient!...

VASILIA OVALDONITCH

Fortes... nous allons fuir!...
Debout!... Le temps nous presse et le soir va bleuir
Au loin la pente abrupte et les sommets de neige
Des Alpes d'Albanie!...

DAMIAN

Ah! que Dieu vous protège
D'ici là, traversant un pays affamé!...

VOÏA PETROVITCH

Quel chemin prenez-vous?...

VASILIA

Ils ont tous essaimé
Les fugitifs du Nord, venus avec l'exode
Où les Serbes d'Uskub... selon cette méthode
Se rendre à Prichtina, de là, gagner Prizrend

YÉLÉNA, sombre.

C'est par ces durs sentiers que le vieux souverain
Atteindra, comme tous, les Alpes albanaises!...

VOÏA PETROVITCH

Vous allez, tout d'abord, éprouver du malaise
Dès que vous aurez dû franchir Prokuplié

VASILIA

Notre aise et le confort, déjà sont oubliés!...

Plus fort, baisant son père :

Adieu père!... au revoir dans l'au-delà très calme
Où nous arriverons, ayant conquis la palme
Des grands lutteurs!... Bon Damian... adieu!...
Viens Myrko... viens vers moi...

VOÏA PETROVITCH

Myrko... quitte ce lieu
Le front serein, mon fils... et notre orgueil dans l'âme...
Tu restes seul du nom... Porte droit l'oriflamme
De la patrie aimée et des vieux Petrovitch!...
Nous fûmes attachés aux pas des Georgevitch...
Sois loyal... sois ardent... sois humain... sois un Serbe!...

MYRKO

Digne je resterai de mon aïeul superbe !...

VASILIA OVALDONITCH, touchant Margaret à l'épaule.

Margaret !... viens aussi... je le dois à Miloch
Viens vivre, enfant d'espoir !...

MARGARET, comme se réveillant.

Grand-père... sous le choc
Je resterai debout... Puisqu'il faut que je serve
Ainsi que ceux d'ici, pour un bien que conserve
Notre race en exil... (Résolument.) C'est bien... je servirai !...

. . . .

Très lentement :

Mais... rien... ne guérira mon cœur désespéré !...

DAMIAN

Pauvre fleur de Serbie... à la jeunesse éteinte !...

VASILIA OVALDONITCH, cachant mal son émotion.

Aux émigrantes :

Allons... le cœur brisé... remplir la tâche sainte !...
Femmes, qui tant laissons ici... partons !...

YÉLÉNA MARTOVITCH

Partons !...

SCÈNE X

LES FEMMES ET LES MÊMES

Les femmes passent en cortège pitoyable avec des enfants sur les bras et des enfants qui s'accrochent à leurs jupes. Elles saluent Voïa Petrovitch, elles sont tristes et silencieuses.

Partons !... Nous marcherons dans la nuit, à tâtons...
Nos pieds, aux cailloux durs s'écorcheront, peut être...
Nous irons, sans trembler, pour ne pas compromettre
Le trésor confié... car on ne peut bannir
Celui qu'en nos bras nous portons... c'est l'avenir !...

YONANKA, baisant le vêtement de Voïa Petrovitch.

Adieu... mon bon vieux maître... adieu berger-poète !...

DAMIAN

Le barde veut chanter le chant du circaète
Avant de s'envoler... Chantons comme autrefois...
Comme aux doux temps perdus... Chantons tous notre foi !...

Alors tous, debout, émus et recueillis chantent l'Hymne serbe.

Dieu juste, toi qui tant de fois
Des défaites nous sauvas
Ecoute monter notre voix
Et protège notre bras !...
Que notre navire, toujours,
Reste défendu par toi

O Dieu, guide vers d'heureux jours } *bis*
Le peuple serbe et son Roi...

SCÈNE XI

LES MÊMES. LA FOULE DES FEMMES.
MIRITZA VENITCH

MIRITZA VÉNITCH

(Elle entre très pâle, chancelante, le front ceint d'un linge ensanglanté; un bras en écharpe, les vêtements déchirés).

Salut... père... et mes sœurs !...

Vasilia Ovaldonitch et Yéléna Martovitch se précipitent pour la soutenir. Les femmes s'écartent apitoyées.

VOÏA PETROVITCH

Oh! Miritza... ma fille!...
D'où viens-tu ?... parle-moi...

MIRITZA

J'étais... où la famille
A succombé !...

VOÏA PETROVITCH

Miloch ?... Iovan ?...

MIRITZA

Tout près de moi.
Ils sont tombés, frappés pour leur terre et leur Roi !...

VASILIA

Ton cher époux ?... Venitch ?...

MIRITZA

Il est là-bas, inerte...

YÉLÉNA

Où... là-bas ?... Qu'en sais-tu ?...

MIRITZA

Je combattais, alerte.
A leur côté... J'ai pris entre leurs doigts glacés
Le fusil impuissant, et les ai remplacés
Jusqu'au dernier moment et l'ultime cartouche !...

DAMIAN, *avide.*

Te voilà revenue ?...

MIRITZA, *sans l'entendre, fascinée.*

Et j'ai mis sur leur bouche
Notre dernier baiser... et j'ai clos leurs grands yeux...
... Mon Venitch reposait... De ses cheveux soyeux
Ruisselait son sang chaud, empourprant cette pierre
Où mes frères ont pris leur pose familière !...
... Et leur sang se mêlait en un flot saisissant !....
. . . .

Autour de nos chers morts, les balles bruissant
M'atteignirent aussi.

VOÏA PETROVITCH

Mais, dis-nous quelle force
Jusqu'ici te soutint ?

MIRITZA

C'est la foi !

VASILIA

Tu t'efforces
De résister... mais je vois bien que tu faiblis !...

MIRITZA

Aide-moi... ce n'est rien... Notre corps s'amollit
Quand le grand froid est là... Je le sens il s'approche...

YÉLÉNA

Tiens !... étanche ta soif !

MIRITZA, *refusant.*

Allongés sur la roche —
Hélas !... ils n'ont pas bu !...

YÉLÉNA

Mais... prends... tout doucement
Car, ayant tant marché, tu dus... atrocement
Souffrir !...

MIRITZA, refusant encore.

Ils n'ont pas bu, nos héroïques frères !...

YONANKA, empressée.

Voudrait-elle s'asseoir ?...

MIRITZA

Je ne veux rien soustraire
De ce qu'ils ont donné... Je veux mourir comme eux ?...

VASILIA

Se penchant sur elle.

Comme eux ?...

MIRITZA

Blessée au front !

VASILIA

Comme eux ?...

MIRITZA

Le cœur joyeux !...

VOÏA PETROVITCH, empressé, avide de savoir.

Elle faiblit.

Pourquoi joyeux ?... Dis-nous ce qui grisait leur âme
Jusqu'à les endormir joyeux ?...

MIRITZA

C'était la flamme !...

VOÏA PETROVITCH

Mais... tous ceux-ci s'en vont... mais... nous avons perdu !

MIRITZA, d'un ton prophétique.

Pleurant, ils s'en iront, sur le chemin ardu,
Heureux, ils reviendront, par le chemin de gloire !...
Car les martyrs tombés leur vaudront la victoire !...

Très fort, tout à coup

Allez, femmes !... fuyez !... sauvez-les des corbeaux
Les chers petits !... Ils reviendront, quand des tombeaux
Une voix montera, formidable et lointaine
Leur dictant la revanche inflexible et hautaine !...

VASILIA

Et toi... nous suivras-tu ?...

MIRITZA

Non ! Je meurs dans la foi !

Elle tombe, morte. Ses sœurs la baisent et se relèvent lentement, les mains jointes.

VOÏA PETROVITCH, d'une voix forte, à la foule.

Partez !... des émigrants rejoignez le convoi !...
Nous, les vieux, nous restons sur la pente glissante
Qui nous entraînera... dans la foi frémissante !...

DAMIAN, très grave, solennel.

Sur la route d'exil, ne te retourne pas
Femme
Pour percevoir le chant que le vent sur tes pas
Clame!...

C'est le chant de ton fils, de ton époux tombés,
Aime,
Mais laisse donc ces morts, gisant le front nimbé
Blême !...

Ne te retourne pas pour voir la Morava
Prise,
Laisse là ton passé, car l'Alpe où tu t'en vas
Brise!...

Et ne regarde pas le Kossovo navrant
Chante
Car, il n'est plus celui dont le nom déchirant
Hante!...

Et ne t'arrête pas sur la route d'effroi,
Lasse...
Car c'est un grand espoir que nous mîmes en toi...
Passe!...

Tâche donc, en marchant, d'oublier, si tu peux,
Femme
Qu'est bien mort le passé...puis formes un grand vœu
D'âme !...

Car, ici-bas souffrir... lutter... mourir... partir...
Naître
Importent peu si l'homme a pu vivre... bâtir
Etre...

Par toutes nos douleurs, nous la rebâtirons
L'Aire !...
Et de l'Aigle prussien nous anéantirons
L'Ere !...

Pendant ces strophes, les femmes ont défilé lentement, et Damian et Voïa Petrovitch tombent à genoux près de Miritza aux derniers mots.

RIDEAU

CHANT SERBE

CHANT SERBE

Vendu au profit des jeunes Serbes exilés dans la Loire (Journée serbe du 2 juillet 1916).

L'Exode

Le canon a tonné du côté de Chabatz...
Et l'air s'est déchiré, là-bas, sous la mitraille
En jetant le cri sec d'un grand voile de faille !...
. . . .
Que l'on nous serve à boire un plein verre de Kwass !...

L'excitante boisson vient affiner mon œil...
J'aperçois la fumée au-dessus de Belgrade...,
Et le Tser est en feu !... Regardez... camarades !
Dans l'horreur, l'ennemi nous tisse un noir linceul !

L'incendie et le sang, vers les Portes de Fer,
Ont changé le doux chant de l'onde turbulente
En harmonie atroce... aux notes affolantes !...
Il rugit sous leur joug, notre Danube fier !..

Fuyez, enfants des pleurs !... fuyez loin de la mort !...
— Ah !... pourquoi fuir ? C'est là que combattent nos [pères
La fournaise rougeoie et le bruit exaspère...
Nous les verrons mourir,, pour vivre sans remords !...

. . . .

Le canon a tonné sur « le Roudnick » fameux...
Nos pères ont vaincu le nombre par la rage !...
Ils ont tiré... Hurlant au milieu du carnage
Nos mères ont craché sur leurs yeux venimeux...

Mais ils sont revenus, mieux armés et plus forts.
Combien en comptait-on de chiens à la curée ?...
Trois cent mille bandits, en colonne serrée
Ont brisé sans espoir le plus sublime effort !...

Sans espoir ?... C'est mentir !... Aux gorges de l'Ibar
Le Serbe a reformé, courageux, son armée !...
Il aura pour son sol l'ardeur accoutumée
Jusqu'à ce que son corps soit couché sur le bar !...

Fuyez... enfants du sang !... Tournez-vous et fuyez...
Abandonnez les corps gisants sous les ruines...
Délaissez, au lointain, vos mères !... Héroïnes
Farouches... et vos sœurs aux longs regards noyés !...

. . . .

Le canon a tonné vers Nisch et Kruchevatz...
Fuyez Mitrovitza... Gagnez l'Adriatique.
Fuyez... jeunes !... fuyez l'horreur fantômatique
Des tueurs sans pitié... Fuyez comme Bias !...

Nous, Serbes, nous enfuir?... Etendons nos regards
Depuis la Sumadia, sur toute la Serbie,
Vaincue est notre terre et la honte subie,
Le suprême servage, écrase le Vardar!...

Nous, Serbes, nous enfuir?... Qui laverait le sol
De la souillure infâme ? Et qui, sous les broussailles,
Irait chercher les corps, avant les représailles?...
Nous les devons venger de la mort et du viol!...

Fuyez... enfants d'espoir ?... car l'heure va venir
Où vous vous courberez sur la Terre martyre!...
Laissez vos deuils cruels!... L'amitié vous attire,
Dressez-vous courageux!... Préparez l'avenir!...

. . . .

Et, quand vous foulerez, grandis dans la douleur,
Ce sol, vaste tombeau, d'impossible esclavage,
Leur criant : Liberté!.... Vous verrez, du rivage
Tous vos morts tressaillir, heureux, sous leur pâleur!...

Du sommet du Roudnick, les forêts et les eaux
Eclatant à vos yeux, très blanches et bleuâtres,
Avec le sang versé sur le seuil de vos âtres
Feront de la Serbie un immortel drapeau!...

IMP. JOUVE ET Cie, 15, RUE RACINE. PARIS — 3641-18

www.ingramcontent.com/pod-product-compliance
Ingram Content Group UK Ltd.
Pitfield, Milton Keynes, MK11 3LW, UK
UKHW021515260726
13993UKWH00004B/1693